戰記

日露戦争従軍一兵卒の記録

名越仁吉の『戰中日誌』と『日露戰争手帳』より

名越仁功

22世紀アート

目次

はじめに

私の祖父仁吉《にきち》（明治十年（一八七七年）九月二十二日生）は、日露《にちろ》戦争（*）に従軍し、乃木希典《のぎまれすけ》陸軍大将の第三軍に属して、旅順《りょじゅん》要塞攻撃に参戦して負傷した歩兵一等卒《いっとうそつ》である。

（*）日露戦争　明治三十七年（一九〇四年）二月八日〜明治三十八年（一九〇五年）九月五日、大日本帝国とロシア帝国の間で行われた戦争。

この仁吉が、日露戦争従軍中の経歴を、自ら『**戰記**』（図1）と表題した自身の従軍歴と、金沢の第九師団と歩兵第三十五連隊の戦闘を主として記録した、私が編集上仮に『**日露戦争手帳**』と名付けた『**手帳**』（図2）と、ほか日露戦争関係について若干の記録を残している。これらは、私の父鎮吉《しげよし》（仁吉の長男　明治三十四年（一九〇一年）十一月二十二日生）によって、仁吉の日露戦争従軍関係のものと一括して整理保管されていた。

『**戦記**』は、陣中日誌と記憶等を交えて、後ほどまとめたものであろう。
上層部の戦略や戦闘記録ではなく、末端の一兵卒の範囲の記録のため内容は簡単で、状況や地名の把握に粗い部分もあるかと思われるが、わかる範囲で日・時・場所を克明に記録しており、簡潔なだけかえってわかりやすい感じもする。

『**日露戦争手帳**』は、旅順要塞攻撃戦から奉天大会戦《ほうてんだいかいせん》までの、第九師団と歩兵第三十五連隊の戦蹟を主とし、また知ることができた範囲の日露戦争に関する事などを、関係資料も参考にして記してあり、当時の国内の高揚した様子等もうかがわれる。

ほかに、『**出征中食物大略**』(図13)や、戦闘時の『**携帯口糧大略**』(図14)が記録されていたことは、驚きであった。

このたび、祖父仁吉の残したこれらの記録をたどりながら、時系列的に仁吉の戦歴を整理してみた。判読しにくい点もあり、また他の資料も調べたりしたものの、不十分な面はまだたくさんあろうが、目的は戦史を作るのではなくて、今から約一一〇年前に国運をかけた戦争に従軍した一兵卒の、遼東《りょうとう》半島《はんとう》に上陸してから第一次旅順《りょじゅん》攻撃戦で負傷するまでの短い間の記録にすぎませんが、最前線で戦った兵士たちの緊張した様子や、熾烈《しれつ》な戦闘、悲惨《ひさん》で恐怖に震えた戦場の臨場感などが幾分なりとも推察できるのではなかろうかと思います。

なお、この仁吉の従軍記のまとめについては、冨田保夫氏（仁吉の四男　大正六年（一九一七年）生）に校正をお願いし、また資料をいただくなどのご指導をいただいた。ここに感謝の念を記したい。

名越仁功

（仁吉の孫　昭和三年（一九二八年）十月八日生）

◎添付資料図に載っている漢字を除き、関連漢字は現在の常用漢字に直した。（一部略字も使っている）
◎参考まで従軍記に使用している、主な旧漢字を後記した。
◎当時の年齢は、数え年で表記しているので、数え年齢と満年齢を併記した。

名越仁吉　明治37年７月11日　金沢にて（数え28歳）
（満州出動前日）

名越仁吉　戦歴抄

明治　十　年（一八七七年）九月二十二日　石川県砺波郡栴檀野宮森新に生まれる
明治　十六年（一八八三年）五月九日　石川県より分県、富山県になる
明治三十　年（一八九七年）十二月一日　歩兵第三十五連隊（金沢）に徴兵入営
明治三十三年（一九〇〇年）十一月二十二日　一等卒にて満期除隊
明治三十四年（一九〇一年）　結婚
明治三十四年（一九〇一年）十一月二十二日　長男鎮吉誕生
明治三十五年（一九〇二年）九月一日　勤務演習召集。第三十五連隊（金沢）に入隊
明治三十五年（一九〇二年）九月二十三日　勤務演習。解除除隊
明治三十七年（一九〇四年）二月八日　日露戦争勃発
明治三十七年（一九〇四年）五月十二日　召集令。歩兵三十五連隊（金沢）に入隊
明治三十七年（一九〇四年）七月十九日　清国柳樹屯上陸。第三軍に配属

明治三十七年（一九〇四年）七月二十六日　安子嶺付近にて戦闘
明治三十七年（一九〇四年）七月三十日　周家屯付近で戦闘
明治三十七年（一九〇四年）八月十九日　第一次旅順要塞攻撃開始
明治三十七年（一九〇四年）八月二十一日　盤龍山五家堡付近で被弾負傷
明治三十七年（一九〇四年）八月二十二日　夕方救出後送される
明治三十七年（一九〇四年）九月十六日　広島予備病院入院、手術
明治三十七年（一九〇四年）十月一日　金沢予備病院に転院
明治三十八年（一九〇五年）三月十八日　兵役免除。帰郷
明治三十八年（一九〇五年）九月五日　日露戦争講和なる
明治三十九年（一九〇六年）四月一日　功七級金鵄勲章授與
　勲八等白色桐葉章授與
昭和二十七年（一九五二年）三月十八日　死去　七十五歳（満七十三歳六ケ月）

参考
明治二十一年（一八八八年）
各地選抜学業比較試業会賞状
（宮森新小学校時）

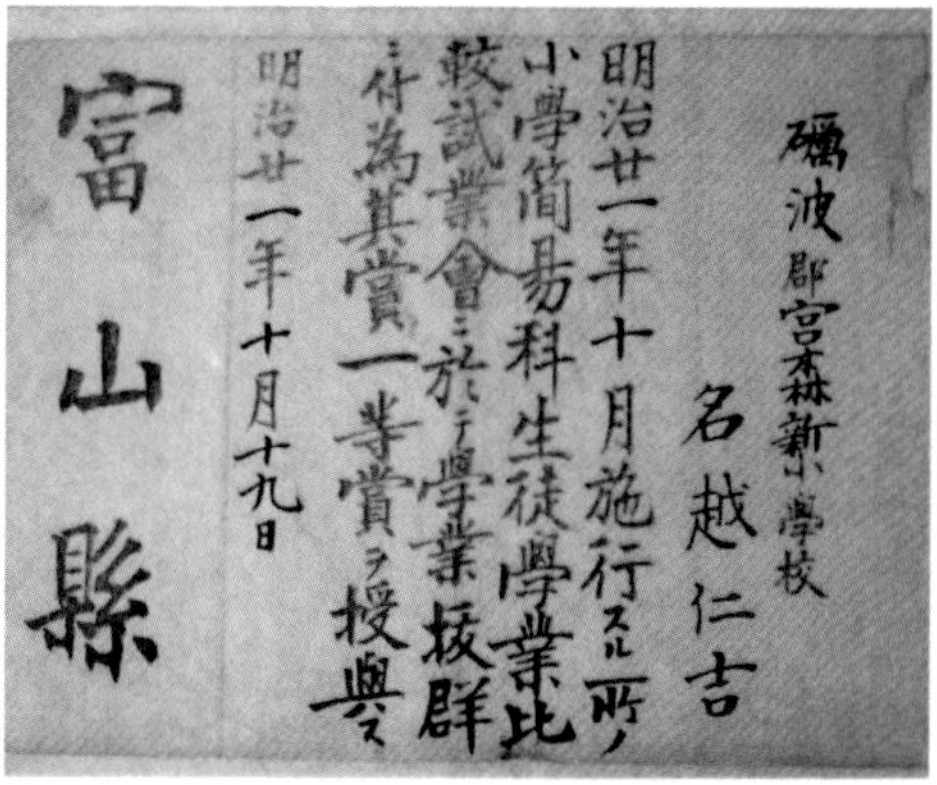
礪波郡宮森新小學校
名越仁吉
明治廿一年十月施行スル所ノ
小學簡易科生徒學業比
較試業會ニ於テ學業抜群
ニ付為其賞一等賞ヲ授與ス
明治廿一年十月十九日
富山縣

学業比較試業会賞状

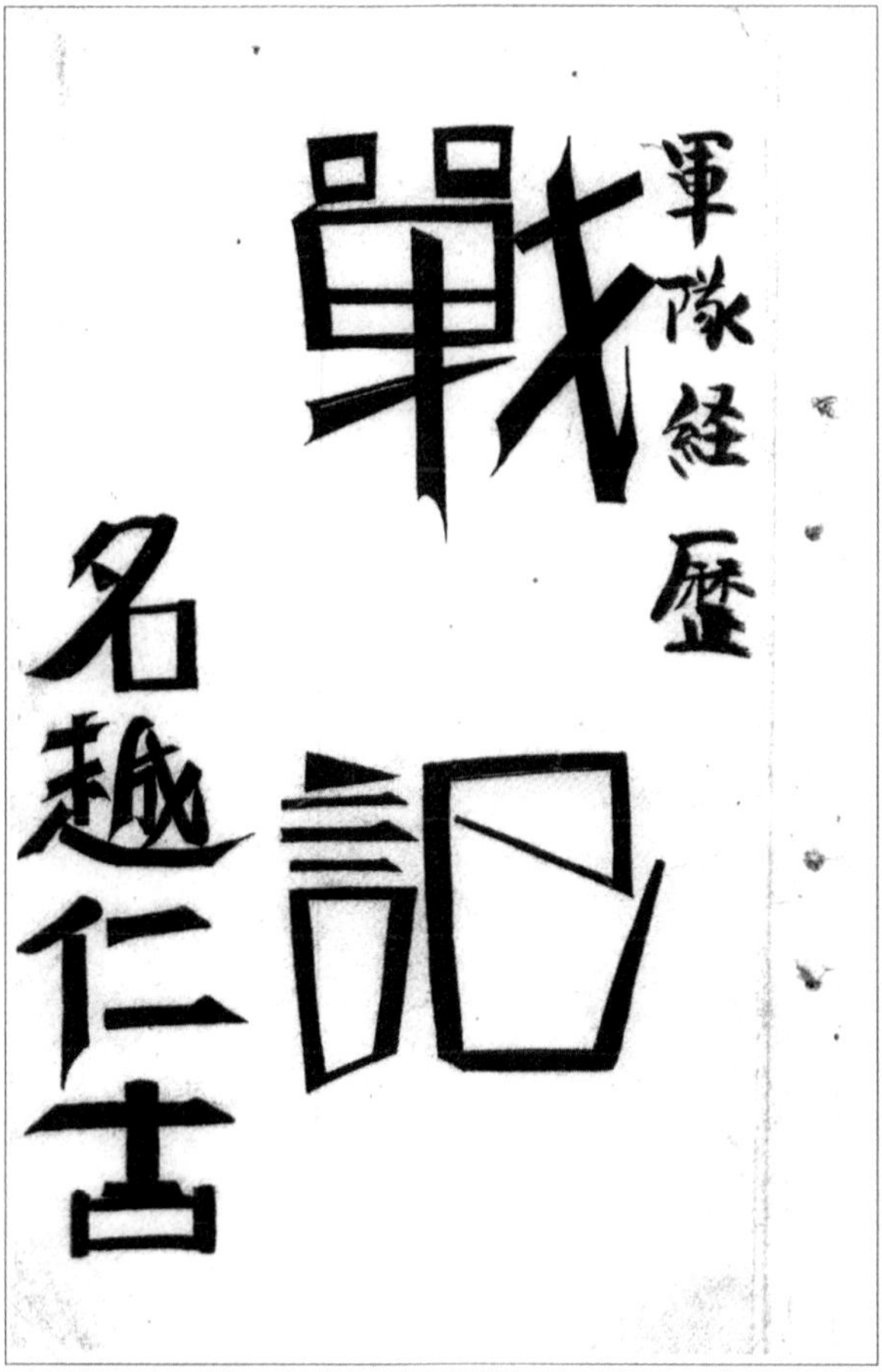

（図1）『戦記』の表紙

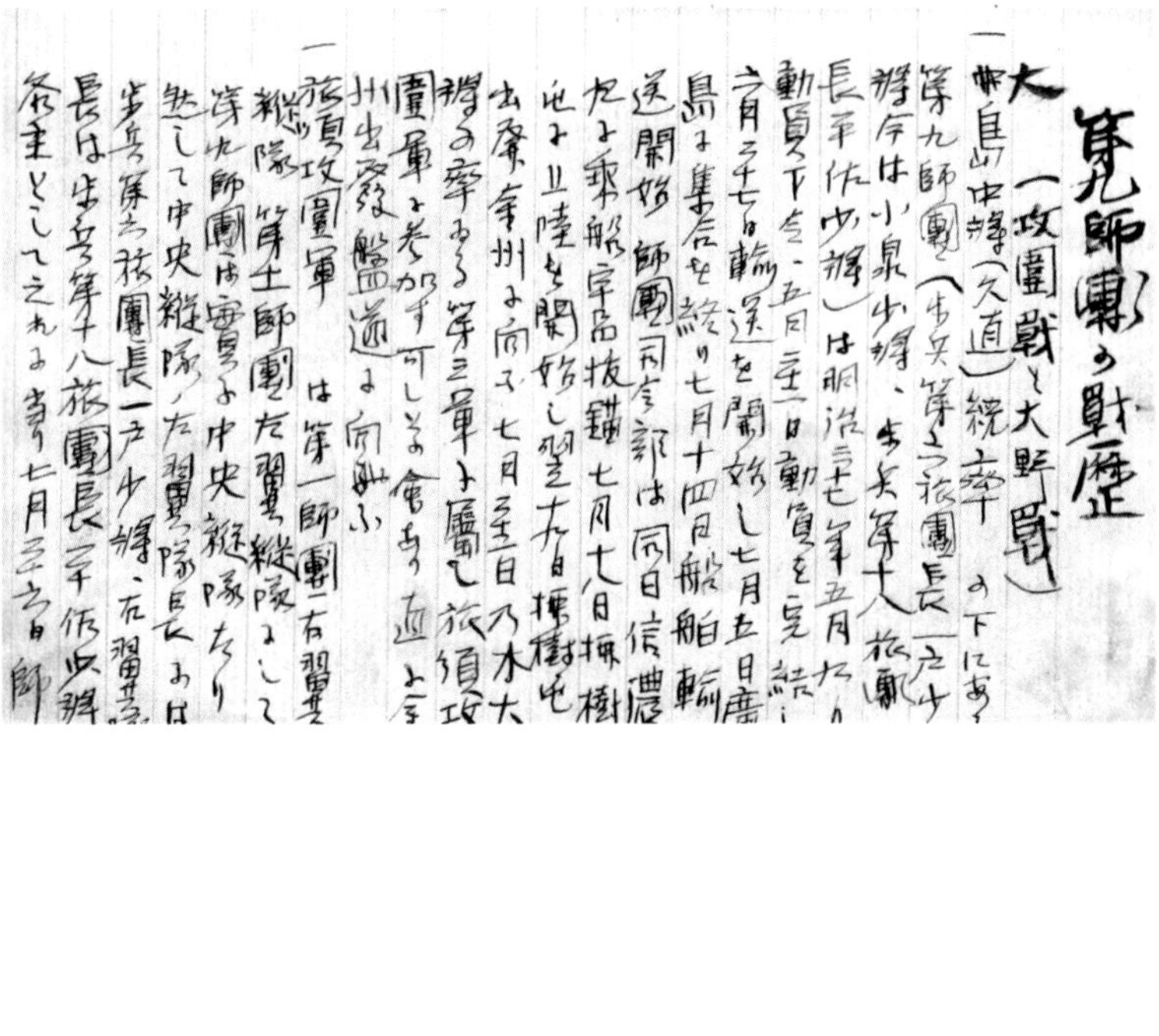

（図2）『日露戦争手帳』の一部

旅順港附近図

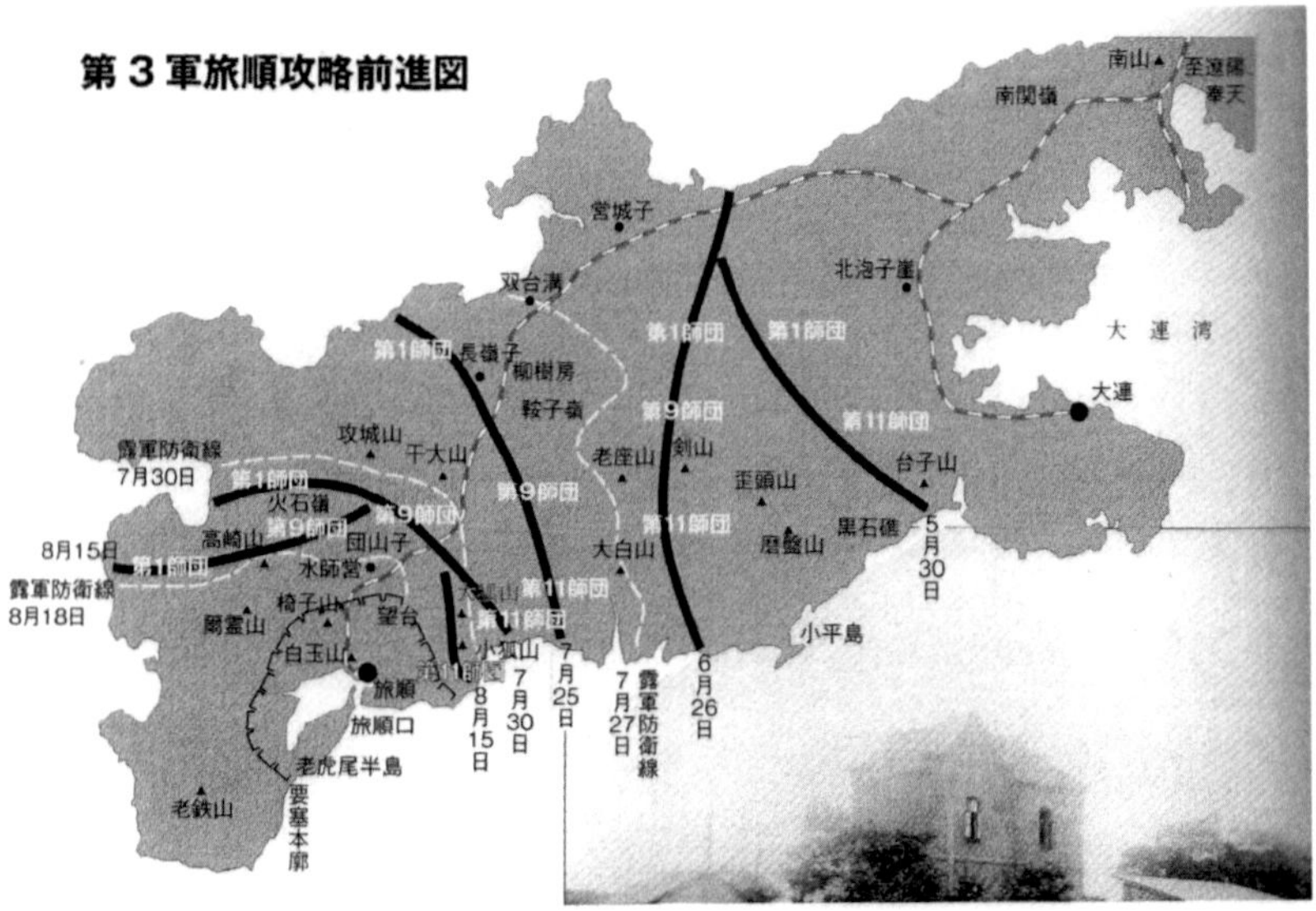
第３軍旅順攻略前進図
南山
至遼陽
奉天
南関嶺
営城子
北泡子崖
双台溝
大連湾
大連
第1師団
長嶺子
柳樹房
鞍子嶺
第9師団
第11師団
攻城山
干大山
老座山
剣山
歪頭山
台子山
露軍防衛線
7月30日
火石嶺
団山子
高崎山
水師営
8月15日
露軍防衛線
8月18日
椅子山
望台
大白山
磨盤山
黒石礁
5月30日
小平島
白玉山
小狐山
旅順
旅順口
8月15日
7月30日
7月25日
7月27日
露軍防衛線
6月26日
老虎尾半島
老鉄山
要塞本廓

日露戦争従軍一兵卒の記録

――名越仁吉の従軍記録より――

太平洋戦争までの日本において、一般人と軍隊とのかかわりは、徴兵検査《ちょうへいけんさ》から始まった。男子には兵役《へいえき》の義務があったからである。

二〇歳になるとすべての男子は徴兵検査を受け、甲・乙・丙・丁・戊に分けられた。甲種《こうしゅ》合格者の中からその年の必要兵士数を、各連隊区で抽選によって選出徴兵していた。

私の祖父　仁吉《にきち》には、次のような**徴兵令状**《ちょうへいれいじょう》が届いていた。（図3）

本年徴兵抽籤之結果ニテ現役及ビ第一補充兵ニ当籤シタル旨ヲ以テ別紙籤札其筋ヨリ送付相成送付及ビ候以段通達及ビ候也

明治三十年七月三十日　　梅檀野村村長印

そして、**富山聯隊区徴兵署之印**を捺した**甲種歩兵第八番名越仁吉**の**当籤札**《とうせんふだ》が添付されている。

まるで、人気イベントで入場希望者が多くて、抽選で選び当選を知らせるような徴兵令状である。

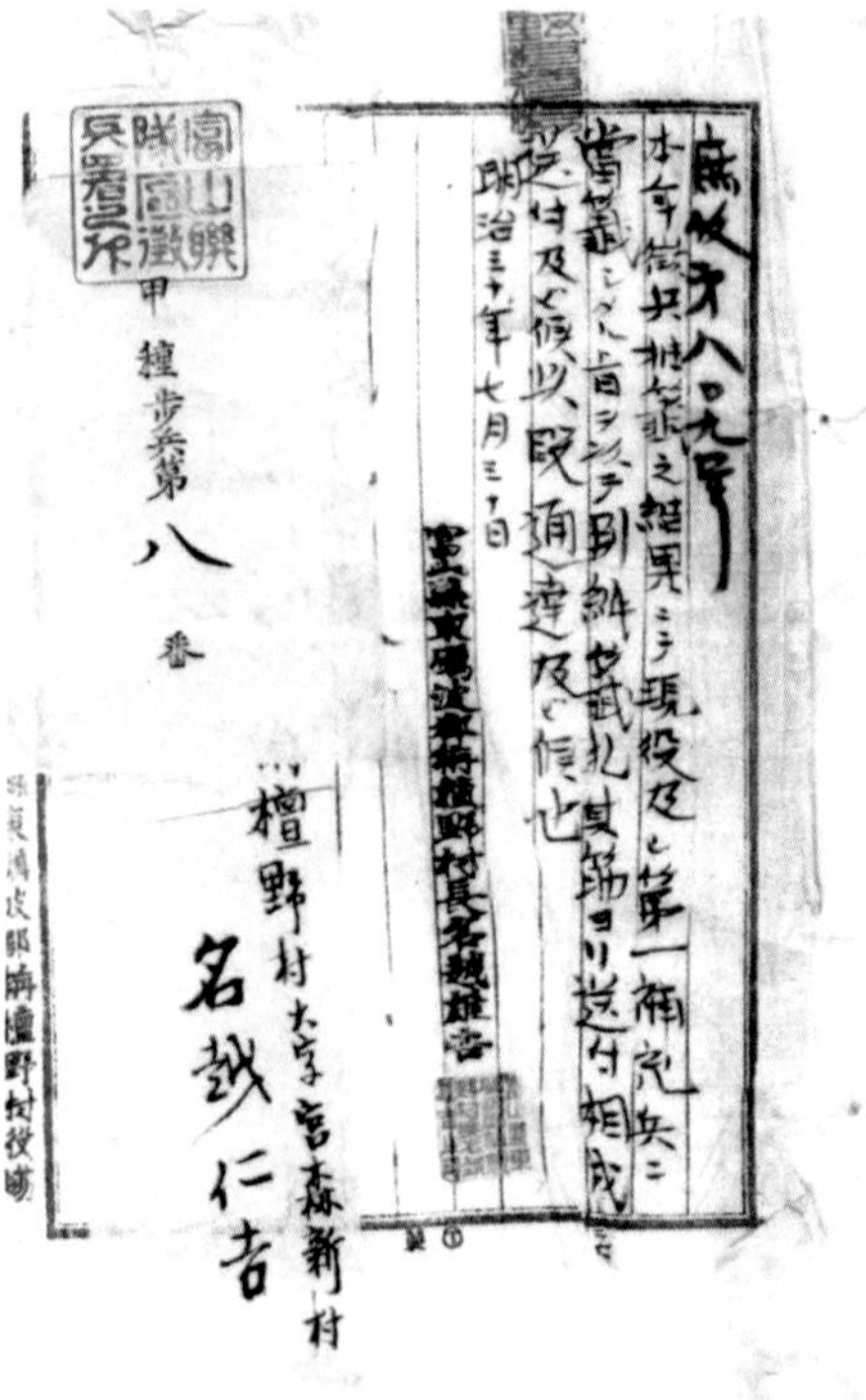

（図3）徴兵令状

兵役の場合は、もちろん国が勝手に抽選をしているので、本人が申し込んだかどうかなどは一切関係がなく、一方的であった。しかし、当時は甲種合格者でも十人中一～四人位しか徴兵されず、**当籤札**が届くことは非常に名誉なことと受け止められていたらしい。

祖父仁吉は、**明治三十年十二月一日**に当時金沢にあった歩兵第三十五連隊に入営《にゅうえい》する。（第三十五連隊が富山に移ったのは大正十四年）

そして、**明治三十三年十一月三十日**に、現役を務め揚げ、一等卒として満期除隊《じょたい》し、予備兵となった。

除隊後間もなく結婚した。ここで全く不思議なのは、連隊区司令官に結婚の願いを提出して、**願い聞届書**（図４）を貰っていることである。もしかすると予備兵の管理のためかもしれない。

明治三十四年（一九〇一年）十一月二十二日に、長男鎮吉《しげよし》（私の父）が生まれた。

この頃になると、満州《まんしゅう》（中国東北部）への、ロシアの南下進出が一段と強まり、日本の権益への危惧が深まって一触即発の状況になってきた。

不思議なことだが、このロシアの南下に対して、中国（当時清国）では、清国の発祥の地・満州のことでありながら、政体の弱体化もあってか何ら手立ても出来ず、また隣の韓国においても傍観状態で、日本だけがやきもきしていた。ここに当時の東洋の国々における世界情勢への認識の遅れが見られる。これについては、いま深くは触れない。（近刊では、半藤一利氏の『日露戦争史1』（平凡社）が詳しい）

富山縣東砺波郡栴檀野村住
豫備陸軍歩兵一等卒名越仁吉
結婚ノ件願之通聞届候事
明治三十四年十一月十四日
富山聯隊區司令官　鈴木常武

（図4）結婚願い聞届書

そして**明治三十七年（一九〇四年）二月八日**、日露戦争が勃発した。仁吉もこのニュースに発奮してか、開戦の詔勅《しょうちょく》を全文手書きしている。まもなく予備兵仁吉にも、召集令状が届いた。**明治三十七年五月九日**の午後三時、自宅で受け取ったと記している。この時仁吉は数え二十八歳（満年齢二十六歳八ケ月）であった。

ここから従軍記録になるが、期間は三ケ月位で短い。それは旅順要塞攻撃戦で負傷し後送されたためで、あとは療養記になる。しかしこの時こそ、あの厖大な犠牲者を出した、旅順要塞攻撃の始まりだったのである。

五月十三日　金沢の歩兵第三十五連隊に入隊し（麻で編んだ草鞋《わらじ》を携行している）、第四中隊に配属される。七月九日に野戦隊の補充兵として満州出動命令を受ける。

七月十二日　午後四時二十分発の列車で金沢駅を出発する。（前日の十一日に、金沢で出征写真を撮影した。本書「はじめに」に付した写真がそれである）

七月十四日　午前十一時に広島駅に着く。

七月十五日　宇品港にて輸送船信濃丸《しなのまる》に乗船し、午後二時三十分出航。

七月十九日　艦隊の護衛を受けながら、午後一時に清国盛京省柳樹屯《りゅうじゅとん》に着船上陸し、元ロシア軍の兵舎に宿営する。

歩兵第三十五連隊（金沢）は歩兵第七連隊（金沢）と共に、第三軍に編成されている第九師団（金沢）の歩兵第六旅団（一戸《いちのへ》旅団）に属していて、第三軍の中央に布陣し、上陸後ただちに旅順要塞攻略に向って遼東半島を南下することになる（上陸後すぐに戦闘に入る忙しさであった）。第三軍の軍司令官は、乃木希典大将である。

七月二十日　午前九時に柳樹屯を出発、南山《なんざん》を経て午後一時頃に金州城《きんしゅうじょう》に着き、清国人の家屋に宿泊する。このように仁吉は時間や場所を克明に記録している。

七月二十二日　早朝に金州城南門より出発し、いよいよ旅順に向かって進軍する。難渋しながらの行軍で、午後四時頃大辛塞子《だいしんさいし》に着き、村落に露営《ろえい》した。

七月二十三日　午前八時に大辛塞子を出発、正午頃李家屯《りかとん》に到着する。同日第九師団は、分山講《ぶんざんこう》付近を占領している第一師団（東京）と一部交代する。

七月二十五日　午後七時頃に李家屯を出発し、盤道《ばんどう》に到着。同夜は銃・背嚢《はいのう》を付帯しまま縦隊形《じゅうたいけい》で待機する。続いて「服装・携帯は戦闘に必要物品のみ」の指令で、背嚢等を片付け、軽装備になって出陣を待つ。戦機が近づき緊迫した状況になってくる。**（図５　当時の兵卒の軍装）**

（図5）当時の兵卒の軍装　歴史の街道（2011・11）より

七月二十六日　早朝に盤道を出発して、午後四時頃安子嶺《あんしりょう》付近の分山講へ濃霧に妨げられながら到着する。

いよいよ、分山講の西北方向高地、凹字形山の攻撃戦が始まった。散開しながら進むも、ロシア軍の反撃が激しく、呎尺《ふしゃく》（フィート）の間に相接して戦い（接近戦の表現によく使われている）、苦戦もっとも力むとある。戦闘隊形のままその夜を越す。

七月二十七日　戦闘継続。ロシア軍の抵抗変わらず激しく、夜襲も敢行された。

七月二十八日　追撃戦の結果、正午頃に凹字形山と安子領を占領した。

しかしこの三日間の戦いにおいて、第九師団では戦死＝将校四名・下士・兵卒百三十二名、負傷＝中隊長・小隊長をはじめ将校二十二名・特務曹長以下下士・兵卒五百六十八名という甚大なる被害を受けた。（師団資料）

午後四時頃に分水嶺《ぶんすいりょう》に着き露営。人馬の補充を受ける。

七月三十日　午前三時に屯地を出発して、周家屯《しゅうかとん》付近の干大山《かんだいさん》を攻撃し、午前九時頃干大山・鳳凰山《ほうおうざん》を占領したが、連隊長が重傷を負うなど歩兵第三十五連隊で、戦死＝将校八名・下士兵卒百十四名、負傷＝将校十九名・下士兵四十三名の大きな被害を被った。

八月一日　龍當講《りゅうとうこう》附近で露営。人馬の補充を受ける。

八月二日より、夜間はロシア陣の一千米突《メートル》前方地点で防禦工事を行う。その前哨《ぜんしょう》に立つ。

八月三日　明治天皇より乃木第三軍に勅語《ちょくご》を賜わり、青年仁吉は感激してか、書き写している。

乃木第三軍ニ賜リタル勅語

第三軍攻圍軍《ダイサングンコウイグン》ハ旅順要塞《リョジュンヨウサイ》ノ前進陣地《ゼンシンジンチ》ニ對《タイ》シ屢々険要《シバシバケンヨウ》ヲ冒《オカ》シ激戦数日《ゲキセンスウジツ》ニ亘《ワタ》リ終《ツヒ》ニ敵《テキ》ヲ其《ソ》ノ本防禦線内《ホンボウギョセンナイ》ニ撃退《ゲキタイ》セリ朕深《チンフカ》ク其《ソ》ノ勇武《ユウブ》ヲ嘉《ヨミ》ス

八月十四日～十七日　前哨中隊として、水師営《すいしえい》方向北三里庄《さんりしょう》付近で前哨勤務に就く。八月一日～八月十七日間は、防禦工事や散兵壕《さんぺいごう》作り等、旅順要塞攻撃の準備の期間である。

八月十七日　龍當講に引き上げ、人馬の補充を受ける。

八月十八日　午後五時龍當講を出発、團山子《だんざんし》まで前進、対陣して待機する。

八月十九日　早朝五時頃より砲撃が開始された。いよいよ**第一次旅順要塞総攻撃**が始まった。（資料によると、一時間に十一万三千発の砲弾の発射で、当時としては空前の砲撃戦であったとされている）

歩兵第六旅団（一戸旅団）は、龍眼《りゅうがん》北方堡塁《ほるい》（クロパトキン砲台）に向って鉄条網《てつじょうもう》を破壊しながら肉薄（図6）終日戦闘するも、ロシア軍の集中砲火の猛射に進めず、この日は胸墻《きょうしょう》（壕壁）を隔ててロシア軍と対陣した。

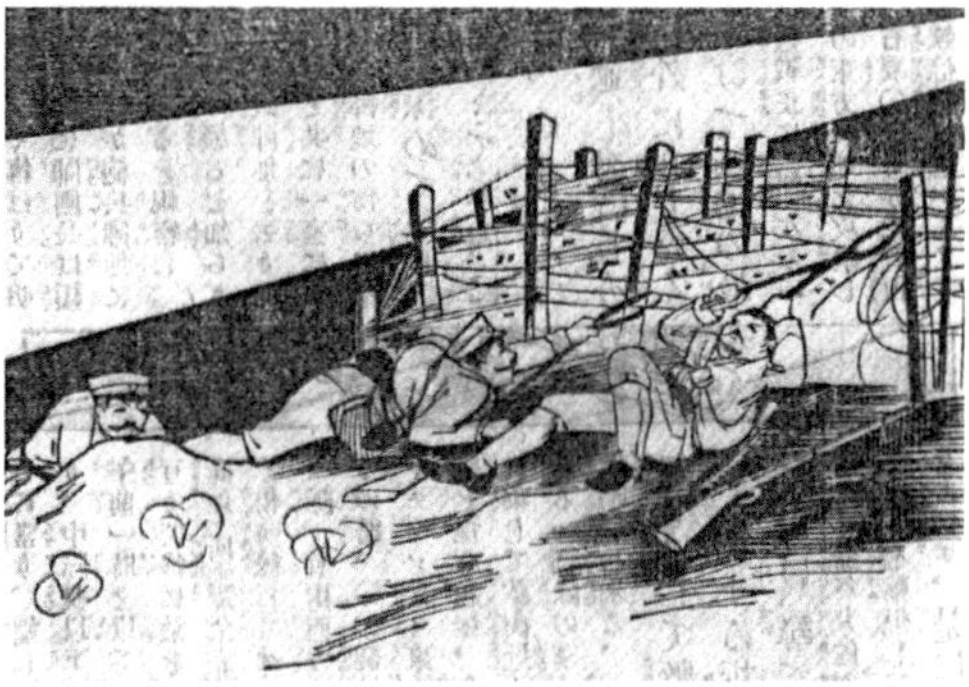

（図6）鉄条網切断決死隊（北陸征露戦記より）

八月二十日　続けて砲台への攻撃を続行する。お互い石まで投げ合ったほどの接近戦で、相突撃し合ったが、ロシア軍の機関銃による迎撃も激しく徒《いたずら》に損害を出すのみで、遂に龍眼《りゅうがん》北方角堡塁《ほるい》砲台（クロパトキン砲台）の攻撃は中止になり撤退した。

歩兵第六旅団（一戸旅団）は、攻撃目標を盤龍山《ばんりゅうさん》東西砲台と旅順港を見渡せる望臺《ぼうだい》砲台（図7）と東鶏冠山堡塁《けいかんざんほるい》に移し、突撃隊を繰り出したが、ここでもロシア軍の砲火激しく、歩兵第七連隊の連隊長が戦死するなどの大被害を被った。仁吉たちは午後九時頃より更に前進を始め、明朝午前五時頃五家堡《ごかほ》に着く。

八月二十一日　第九師団左翼の最前戦隊として、歩兵第七連隊と仁吉たちの歩兵第三十五連隊は、ともに盤竜山東堡塁の攻撃を行った。堡塁の下まで数回も肉薄し突撃するも、死傷続出で第七連隊は殆んど壊滅してしまった。

『日露戦争手帳』によると、この東鶏冠山堡塁攻撃の戦いで、歩兵第七連隊は、連隊長が全身に二十八

（図7）盤龍山 望臺砲臺（旅順戦蹟より）

弾を被って戦死、大隊長三名戦死、ほか中隊長以下甚大なる将卒の死傷者を出し、連隊の残兵わずか七十余名と言う、実に凄惨壮絶を極めたと記している。(図8)

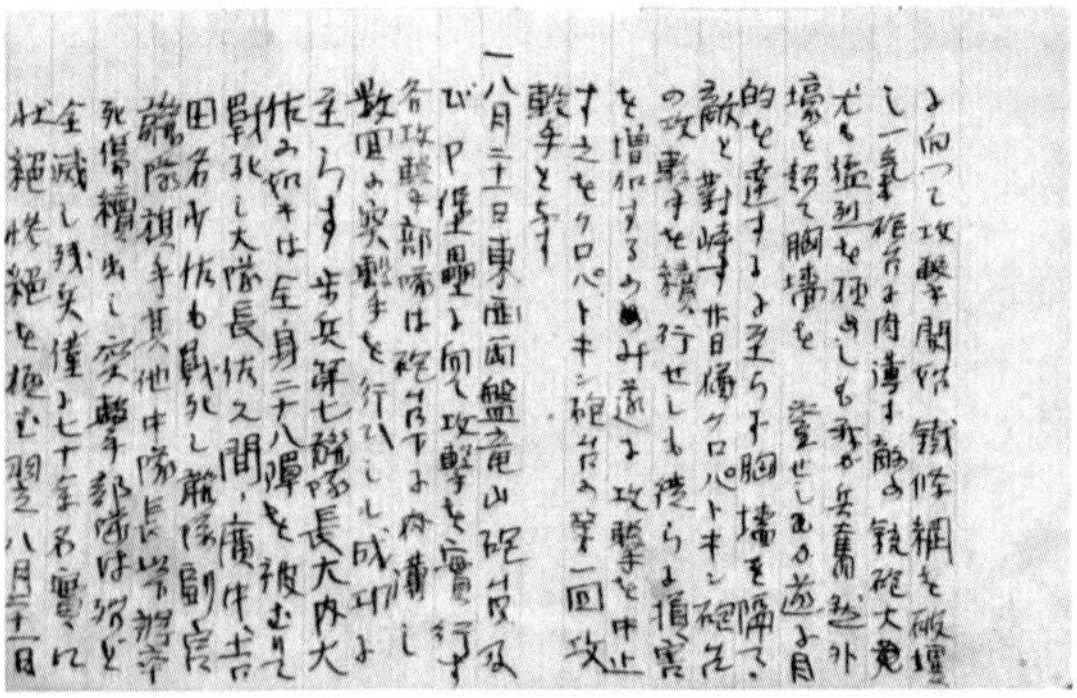

(図8) 日露戦争手帳より

歩兵第三十五連隊は銃砲弾飛雨の間、鉄条網線に約五百米突《メートル》まで達したが、連隊長を始め・大隊長・中隊長ほかおびただしい死傷者を出した。仁吉も午前十一時頃敵前約一五〇米突《メートル》あたりで被弾（右大腿中央貫通）し倒れた（仁吉は不幸にもと記している）。（図9）

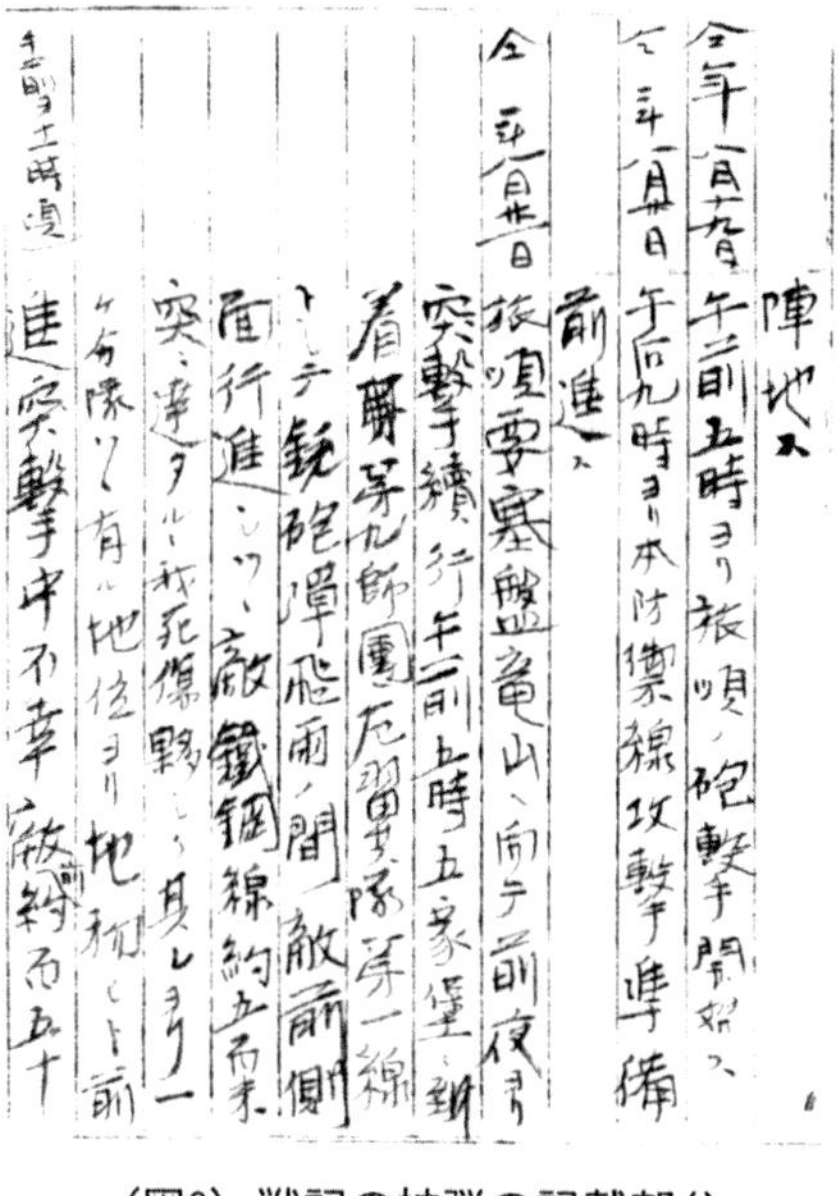
陣地ヘ
仝年十一月十九日午前五時ヨリ旅順ノ砲撃開始ス、
仝　年十一月廿五日午后九時ヨリ本防禦線攻撃準備
前進ス
仝　年十一月廿六日旅順要塞盤竜山ノ前ニテ前夜ヨリ
突撃ヲ續行午前五時五家堡ニ到
着爾第九師團右翼隊第一線
トシテ銃砲弾飛雨ノ間ニ敵前側
面行進シツヽ敵鐵鋼線約五百米
突ニ達タル我死傷夥シク其レヨリ一
ケ分隊ヲ有ル地位ヨリ地形ニヨリ前
午前十一時頃進突撃中不幸敵前約百五十

（図9）戦記の被弾の記載部分

被弾した瞬間の話を、仁吉の四男**冨田保夫**《とみたやすお》氏が聞いている。

その時右腰から下にかけて何かに押しつけられて、右腿《もも》あたりがピリッーと痺れたようになった。

しかし、痛みを感じなかった。

立ち上がろうとしたが右足が動かず、腿から血が噴き出していた。

（冨田保夫氏の回顧談）

なお、第九師団の記録では、仁吉の被弾は敵前五十米突《メートル》となっている。（図１０）

救助を待っている間、日本軍は攻めあぐみ、日暮れと共に前戦から引き下がった。負傷者だけが敵陣前に放置されたのである。

冨田保夫氏は、敵前で残されたその夜の話も聞いている。

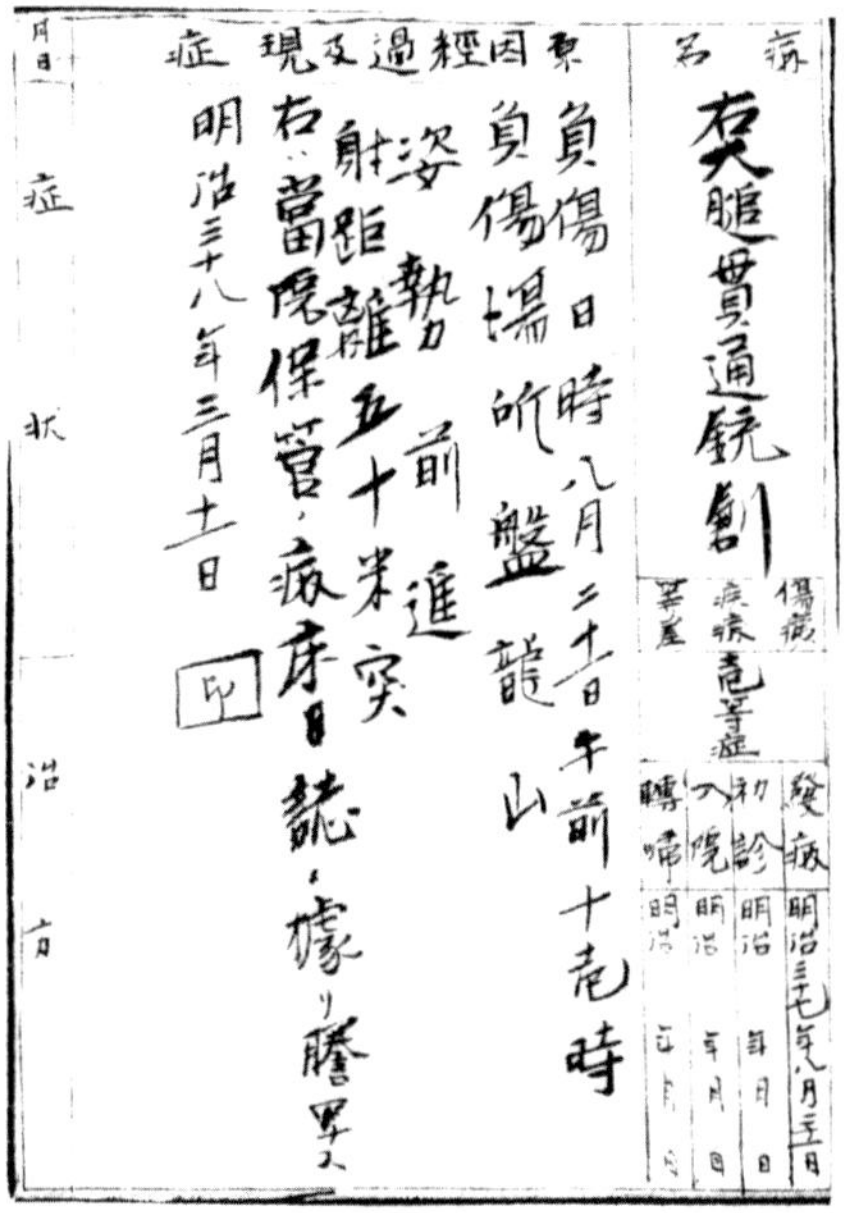
病名　左腿貫通銃創

傷病等差　疾病壱等症

発病　明治三十七年八月二十一日
初診　明治　年　月　日
入院　明治　年　月　日
轉帰　明治　年　月　日

原因経過及現症
負傷日時　八月二十一日午前十一時
負傷場所　盤龍山
姿勢　前進
射距離　五十米突
右ハ當隊保管ノ病床日誌ニ據リ謄写ス
明治三十八年三月十一日
印

月日　症状　治方

（図10）負傷証明書

ロシア兵の話声が聞こえてくるほどのロシア陣地の近くであった。暗闇の中、あちらこちらから日本の負傷者のうめき声が聞こえた。深夜になるとロシア兵が出てきて、負傷してうめき声を上げている日本兵を銃剣で突き刺し始めた。方々からあがる悲鳴を聞いて、ロシア兵が近くを通るたびに、今度は自分か今度は自分かと、恐ろしくて恐ろしくて（富山弁で、オトロシテ、オトロシテ）ガタガタと震えが止まらなかった。傍の戦死していた兵士の下にもぐりこんで、死んだふりをして隠れていた。幸いにも見つからずに朝を迎えることが出来た。

（富田保夫氏の回顧談）

実に恐怖の一夜だったのである。ただ恐ろしいだけのものでは無かったろう、と察すると胸が痛む。

八月二十二日も、朝より攻撃が始まった。一進一退の中、午後六時頃全く偶然にも、近くを隣の福岡部《ふくおか》落の友人米山啓二《よねやまけいじ》君が突進して行く姿が見えた。夢中で、「米山！　米山！」と絶叫連呼した。弾雨の中ようやく気付いてくれ、背負われて後送してもらった。（図１１）

この**第一次旅順要塞総攻撃**は、結局失敗に終わった。（しかし、この第一次總攻撃の際盤竜山東堡塁の占領や、第二次總攻撃でP堡塁を占領するなど、一戸旅団の突出した奮闘に人々は感銘し、後日P砲台を一戸《いちのへ》砲台《ほうだい》と名付けて、一戸旅団の栄誉を讃えた）

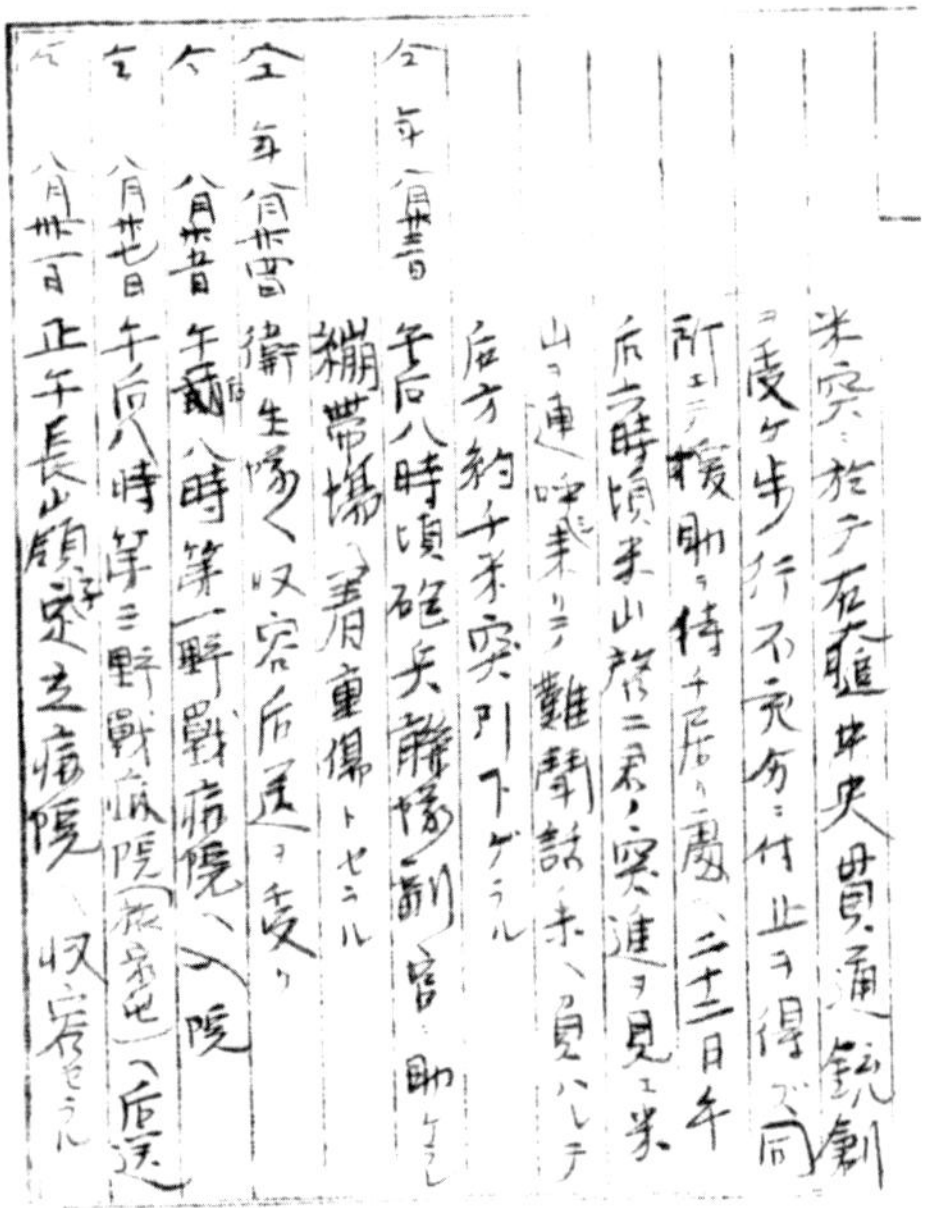

（図11）戦記の救出の記載部分

この**第一次旅順総攻撃戦**で、第九師団において、戦死＝将校六十七名・下士兵卒千四百八十七名、負傷＝将校百十六名・下士兵卒三千四百九十名の大損害を受けたと、**『日露戰争手帳』**に記してある（第三軍全体として、戦死五〇一七人、負傷一〇八四三人と、一個師団ほどの兵力が消滅してしまったのである）。まさに、物凄い肉弾死闘戦だったのである。

八月二十三日　砲兵連隊の副官に仮繃帯場《ほうたいじょう》まで運んでもらう。（仮繃帯場について、半藤一利氏の『日露戦争史1』に、「高く叫びて苦痛を訴えるものあり、或は気息奄々《えんえん》として、声正に絶えて手足をもがくあり、何れも鮮血淋漓《りんり》、征衣ためにあかし」と一兵士の描写記録が転写されている）

八月二十四日　出血多量重傷として、衛生隊に収容された。

八月二十五日　第九師団第一野戦病院に送られた。

八月二十七日　旅家屯《りょかとん》の第三野戦病院に変わった。

八月三十一日　さらに、長領子《ちょうりょうし》定立病院に移された。

九月二日　あらためて、ダルニー（大連）兵站《へいたん》病院第一分院に入院した。

何回も看護所・病院を移り変わっている間に、傷口が化膿した。

九月十二日　ダルニーの病院より、急遽病院船横浜丸で出航。

九月十六日　宇品港に到着し、直ちに広島予備病院に収容された。

その病院ですぐ切開深股動静脈結紮法手術を受ける。

この手術を受けた際の話。

化膿の悪化が進んでいるので、直ぐに右足を付け根から切断せねばならないと診断された。その時、切り取ることだけは勘弁してほしいと一所懸命頼んだが、軍医は聞いてくれなかった。いつの間にか泣き声をあげて頼んでいた。泣いてまで頼んだ為かどうかしらないが、切開深股動静脈結紮法手術と言う難しい手術を受けた。その為、今足がついていると、傷跡あたりを叩いて話してくれた。本当に嬉しそうな笑顔だった。

（富田保夫氏の回顧談）

私も傷跡を見ている。右の太腿にやけど状になっている大きな傷跡であった。仁吉は、負傷したのと同じロシア軍の銃弾を持ち帰って保管していた。ずいぶん大きな銃弾だったと思ったことを覚えている。今、探しても見当たらない。

十月一日　金沢予備病院に転院。

この際の診断書には、「右大腿部後側ニ長サ十二仙米《センチメートル》・幅一仙米《センチメートル》半の瘢痕《はんこん》。膝関節ノ伸縮百五十度デ跛行シ歩行充分ナラズ」とある。（図12）

十一月十二日　初めて両杖歩行。

十二月一日　一本杖歩行。

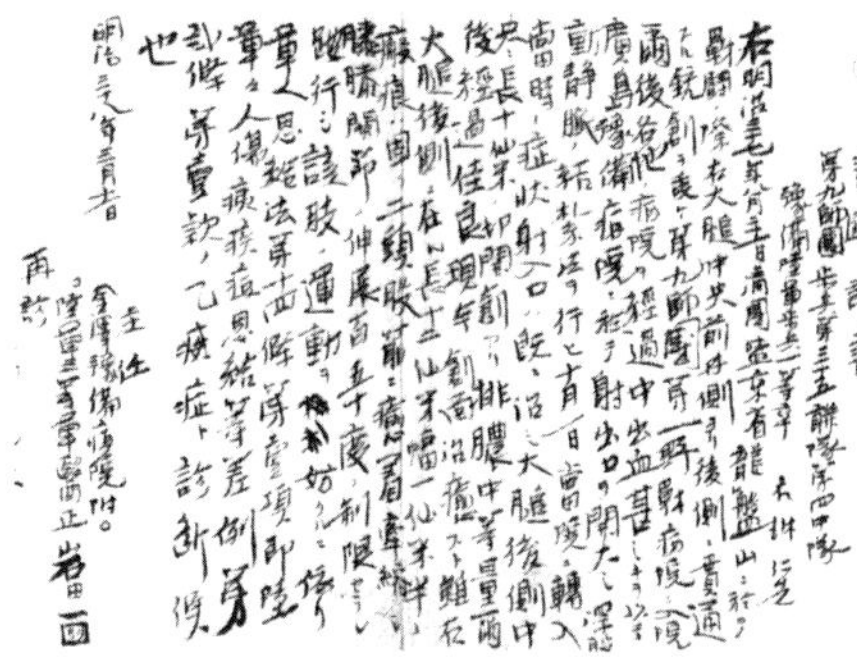
診斷證書

（図12）手術診断証書

明治三十八年二月十二日より、無杖歩行が出来るようになった。

三月三日　兵役免除となる。

三月十八日　午後一時、帰郷する。

『戰記』には、ほかに次の珍しい資料が綴じてある。

「出征中の食物大略」として、陣中食の概要である。（図13）

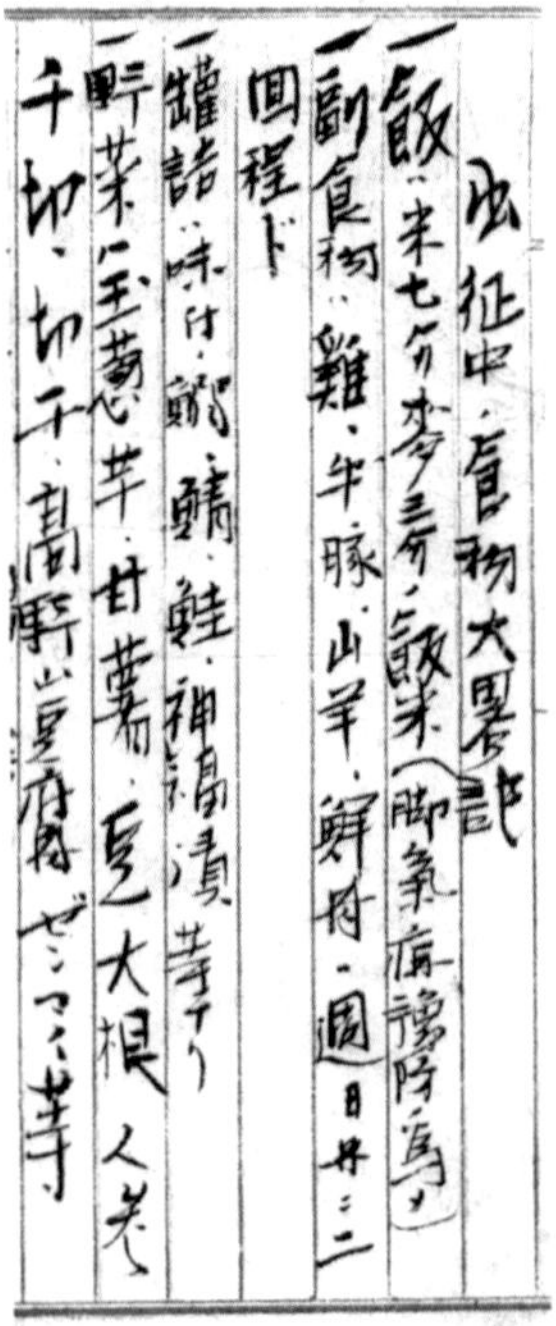
出征中ノ食物大略記
一飯ハ米七分麦三分ノ飯米（脚気病豫防ノ為メ）
一副食物ハ雞・牛豚・山羊・鮮肉ノ週日毎ニ二
回程ド
一罐詰ハ味付ノ鰯・鯖・鮭・神福漬等ナリ
一野菜ハ玉葱・芋・甘藷・豆・大根・人参
千切・切干・高野豆腐・ぜんまい等

（図13）出征中の食物大略

一、飯は、米七分麦三分の飯米（脚気病予防の為めとある）。

脚気については、以前からの課題で、陸軍は軍医総監森林太郎《もりりんたろう》（森鷗外《おうがい》）の細菌感染説により、日清戦争（明治二十七年（一八九四年）七月〜二十八年（一八九五年）四月）において戦死者より脚気で死亡した兵士が多かった。海軍は麦飯男爵こと海軍軍医総監高木兼寛《たかきかねひろ》の、脚気は白米の摂取過多によるものとして、白米に大麦を混ぜた麦飯支給で脚気を防いだ。

軍ではこの反省から、白米に麦を混入した飯米にしていた（それでも陸軍では、日露戦争における傷病者三十五万二千七百余人のうち、脚気患者が二十一万千六百余人にも達したと言う）。ドイツ医学（森林太郎）と英国医学（高木兼寛）の検証法の争いだったとも聞く。

（吉村昭の「白い航跡」より）

一、副食物、鶏・牛・豚・山羊の鮮肉が週に二回程。

一、罐詰、味付け鰯・鯖・鮭・福神漬等。

一、野菜、玉葱・芋・甘藷・豆・大根・人参の千切、切干・高野豆腐・ぜんまい等。

さらに**戦闘時の、「携帯口糧大略」**（図14）として、

一、干し飯（二日分）・パン（二日分）・牛罐詰（壱個）・食焼塩（弐個）、と記してあり前戦の実感が伝わってくる。

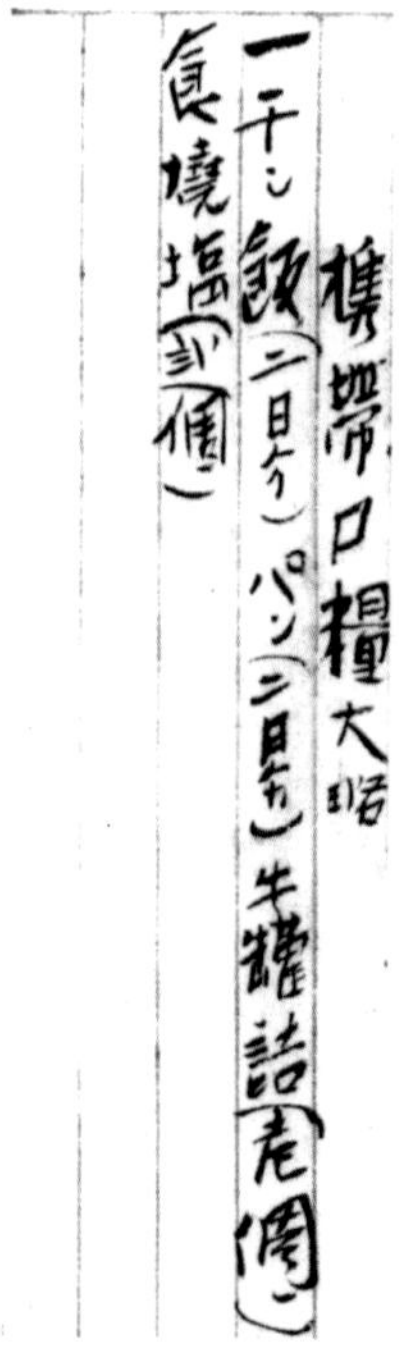
携帯口糧大略
一干し飯（二日分）パン（二日分）牛罐詰（壱個）
食焼塩（弐個）

（図14）戦闘携帯食大略

戦闘時には、二日分の食糧を携帯したようである。

これら食事の内容は粗末かもしれないが、政府としては種類を揃え、結構栄養バランスに意を注いでいたことがうかがえる。

祖父仁吉が負傷して、一昼夜余り救出を待っていた時は、おそらくこの戦闘携帯口糧が役立ったと思われる。

以上の戦闘関係のほか、その後の記録や、手続き記録等が残されている。

変わった申請書では、「戦地で軍隊手帳を遺失してしまい、履歴書を提示する場合に必要になるので、交付していただきたい」というものもある。

考えてみると、祖父仁吉が無事に帰還出来たのは、結果論であるが、いくつかの偶然があったように思われる。

一つは、負傷して敵前に放置された夜、ロシア兵に発見されなかったこと。これは、大腿部の負傷であったからかもしれない。内臓部に被弾していたら、苦しくてうめき声をあげ、ロシア兵に見つかっていたと思われる。大腿部の痛みを一生懸命堪えていたのだろう。

しかしなんといっても、友人の米山啓二《よねやまけいじ》氏が近くを突進していたことである。しかも夕方の六時頃である。弾雨の中で祖父の絶叫が聞こえたのは、奇蹟としか言いようがない。まさに軍歌「**戦友**《せんゆう》」の

我はおもわず驅《か》け寄《よ》って
「しっかりせよ」と抱き起し
假繃帯《かりほうたい》も弾丸《たま》の中

そのものである。(抜粋)

◎明治三十七年には、「戦友」は未発表であり、発表は、明治三十八年である。(後記として全歌詞収載後記1)

この時救助されなかったら、一昼夜以上放置され出血多量の祖父には、もう一晩頑張れる余力があったかどうかはわからない。

しかし反面、この時不幸であるが負傷したことが、祖父を生還させた大きな要因の一つであったかも

しれない。

この後も、**第二次・第三次と旅順要塞総攻撃**が行われ、死傷者が続出して、大本営では、ひと桁《けた》違っているのではないかと、驚いたとさえ伝わっているくらいの大被害を出しているのである。祖父が負傷せずにこの時元気であったならば、当然この総攻撃にも加わっていただろうし、隊の機能そのものが消滅してしまったほどの死傷者を出した部隊もあった、まさに肉弾戦的な総攻撃戦であっただけに、生還はどうなったかはわからない。（第一次・第二次・第三次の旅順要塞攻撃戦に、日本軍は約十三万人を投入し、約六万人の死傷者を出している。まさに、一将功成万骨枯《いっしょうこうなりてばんこつかる》（曹松）であった。なお米山啓二氏は、めでたく凱旋された）

乃木希典大将の、この時の肉弾攻撃戦法からして、作家の司馬遼太郎は乃木希典大将愚将論を述べている。乃木将軍が愚将かどうかは私にはわからないが、批判があったことは事実らしい。乃木将軍は、愚将とか名将の範疇ではなくて、人柄からして、儒学の学者の方が似合っていた人であったかも知れないと思えたりもする。当時は薩長閥の全盛で、高職要職の多くを薩長出身者が占めていた時代だから、長州出身の乃木希典は、出世も早かったと言えなくもない。

ほかに、**『日露戦争手帳』**に、**「征露軍歌」**として、明治維新の壮士が絶叫しているような、激しい高揚した歌が記してある。

太平洋戦争の時にも、撃ちてしやまんとか、鬼畜米英とかと叫ばれていたように、戦争になると国民の士気涵養のために、味方は正義、敵は悪として、勇猛なスローガンや歌が作られる。この**「征露軍歌」**も、国を挙げての当時の意気込みだろうが、まことにきつく激しい。

国中が、坩堝《るつぼ》の中で沸騰していたような当時の世情を知る一つとして、転記しておく。（後記２）（当時ほかにも「アムール河の流血や」「ウラルの彼方」など高ぶった感情の歌が歌われていた）

明治三十八年（一九〇五年）九月五日、講和が成立して、日露戦争は終結した。

明治三十九年四月一日、仁吉に、

功七級**金鵄勲章**《きんしくんしょう》（兵卒の初叙武功章）と

勲八等**白色桐葉章**《はくしょくとうようしょう》（軍務経験者の最下級章）が授与された。

その後、三男三女に恵まれたが、現在は四男の**冨田保夫**氏が健在である。（大正六年（一九一七年）三月六日生）

その後、村役場の助役などを勤め、昭和二十七年（一九五二年）三月十八日に**仁吉**は他界した。七十五歳（満年齢七十三歳六ケ月）であった。今年は（平成二十四年（二〇一二年））生年百三十五年になる。

仁吉が日露戦争に出征した時、四歳（満年齢二歳六ケ月）であった**鎮吉**《しげよし》（私の父）は、平成四年（一九九二年）九月十四日に死去。九十二歳（満年齢九十歳十ケ月）であった。今年は、生年百十一年になる。

そして、仁吉の妻ふ《な》い（私の祖母）は昭和四十年（一九六五年）一月二十四日に、八十三歳（満年齢八十一歳七ケ月）で、鎮吉の妻**悦**《えつ》（私の母）は平成十六年（二〇〇四年）八月五日に、九十七歳（満年齢九十六歳一ケ月）で、それぞれ他界した。

今、仁吉が従軍中着用していた、兵卒の**軍帽**（第二種帽（図15））と**行軍用脚絆**《きゃはん》（小鉤《こはぜ》は鯨《くじら》の鬚《ひげ》を使用している）（図16）と軍靴の内履きである**襪**《したぐつ》（図17）と行軍時の**腰鞄**《こしかばん》（図18）などが残されている。

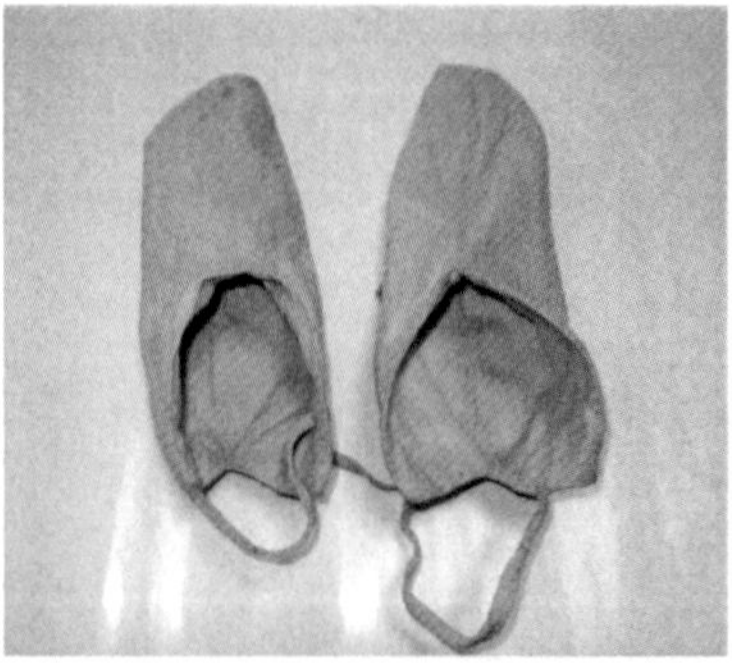

（図17） 軍靴の内履き襪

（図15） 仁吉の軍帽

（図18） 腰　鞄

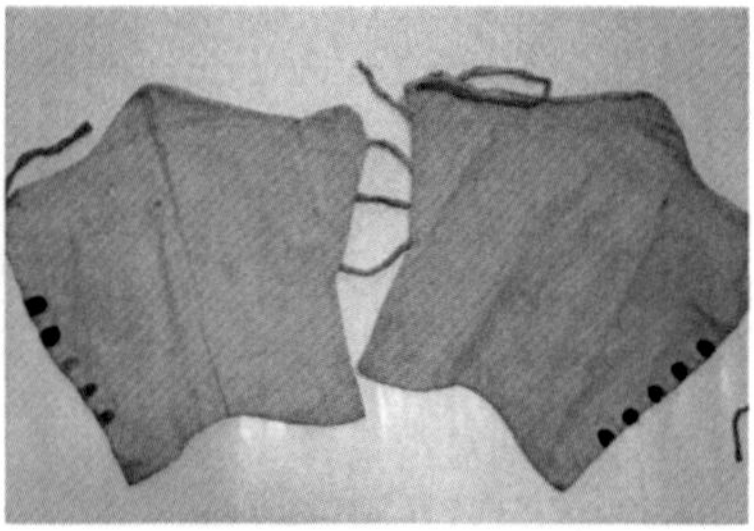

（図16） 行軍用脚絆

（後記1）軍歌　戦友

発表　明治三十八年（一九〇五年）
作詞　真　下　飛　泉
作曲　三　善　和　氣

一　ここはお国を何百里　離れて遠き満洲の
赤い夕陽に照らされて　友は野末《のずえ》の石の下

二　思えば悲し昨日まで　真先《まっさき》駈《か》けて突進し
敵を散々《さんざん》懲《こ》らしたる　勇士はここに眠れるか

三　ああ戦《たたかい》の最中に　隣に居《お》ったこの友の

俄《にわ》かにはたと倒れしを　我はおもわず駆け寄って

四　軍律厳しい中なれど　これが見捨てて置かりょうか
「しっかりせよ」と抱き起こし　仮繃帯も弾丸《たま》の中

五　折から起こる吶喊《とっかん》に　友はようよう顔上げて
「お国の為だかまわずに　遅れてくれな」と目に涙

六　あとに心は残れども　残しちゃならぬこの体
「それじゃ行《ゆ》くよ」と別れたが　永《なが》の別れとなったのか

七　戦《たたか》い済《す》んで日が暮れて　探しに戻る心では
どうぞ生きて居《い》てくれよ　物など言えと願《ねご》うたに

八　虚《むな》しく冷えて魂《たましい》は　国へ帰ったポケットに

時計ばかりがコチコチと　動いて居《い》るも情けなや

九　思えば去年船出して　お国が見えずなった時
玄界灘《げんかいなだ》に手を握り　名を名乗ったが　始めにて

十　それより後は一本の　煙草《たばこ》も二人でわけてのみ
着いた手紙も見せ合《あ》うて　身の上話繰り返し

十一　肩を抱いては口癖に　どうせ命はないものよ
死んだら骨《こつ》を頼むぞと　言いかわしたる二人仲《ふたりなか》

十二　思《おも》いもよらず我一人《われひとり》　不思議に命永らえて
赤い夕陽の満洲に　友の塚穴掘ろうとは

十三　隅《くま》なく晴れた月今宵《つきこよい》　心しみじみ筆とって

友の最後をこまごまと　親御《おやご》に送るこの手紙

十四　筆の運びは拙《つたな》いが　行燈《あんど》のかげで親達の
　読まるる心思いやり　思わずおとす一雫《ひとしずく》

（このあとに、無事に凱旋帰国し、その後学校の先生になり最後に村長を勤める、等の歌詞があると聞いたことがあるので、調べてみたけれどわからなかった。）

（後記２）征露　軍歌

世界ニ名高キ日本国
　皇統聯綿大君ノ
仁義ヲ以テ建シ國
　之レニ反スル敵國ノ
詐リ偽リヲ常トシテ
　咎カナキ家ヲ焼キ拂ヘ
迯グル婦女子ヲ辱シメ
　兇悪暴戻神人（スラブ人）
人ハ多キモ烏合勢
　六十有餘ノ異人種ゾ
進メキタル卑怯者

今ハ昔ノ夢ナルゾ
消エテ失セシ露西兵
駒サエ勇ム春ル立テリ
愉快極マル此ノ戦
鳥拉ルノ山ノ絶頂ニ
スラブヲ奮都莫斯科ノ
我大君ノ御威徳ヲ
世界ノ平和ヲ楽シマン
旭ニ輝ク日ノ御旗
臣子ハ今ヤ五千萬
忠勇優リシ國ノ民
其ノ有様ハ皆知ラン
他國ノ領地ヲ掠メ取リ
罪ナキ人ヲ撃チ殺シ
乳ニ泣ク小兒ヲ刺シ殺シ

（後記２）征露　軍歌

國ハ廣キモ荒レ野原
一億半餘ノ人口モ
直隷平野ノ戦ヒニ
暦史ニ名ヲ得シ哥薩克モ
旭ハ溶クル雪氷リ
イザ立テ奮ヘ我男児
仁義ノ師ニ敵ハナシ
旅順哈爾賓踏ミ破ル
旭ノ御旗ヲ翻ヘシ
森ノ畔トリニ追イ籠メテ
普ネク宇内ニ宣揚シ

あとがき

以前より、仁吉の従軍記録の『**戰記**』と『**日露戰争手帳**』、を時系列に抜粋整理してみたいと思いながらも、結局なにも出来ずに年月だけを経てしまいました。この春先より持病のため臥すことが多くなり、今まとめねばと奮起し、ちょっと気分の良い合間をみて、少しずつなんとか整理してみました。

仁吉は、自身の希有な従軍体験を記録しておこうと、メモと記憶とそして参考資料などを得て、まとめ書き残したものだと思われます。当然ながら当事者でないとわからない部分もあり、また私の調査不備もありますが、祖父仁吉を通じて日露戦争の最前線の兵士の様子が、多少ともわかるのではなかろうかと思います。

日露の戦いは、当時の日本の立場からすれば、国益上やむを得ない戦いでしたでしょうし、仁吉も日本のために祖国のために、命を賭して戦ったことに、何の疑問も無く誇りとし、そして名誉の負傷もしました。

しかし、この従軍記をまとめていて、いろいろ考えさせられることもまたありました。日露の戦闘は不思議な戦いでした。日本もロシアも、祖国を離れて他国の地で、母国の権益を競って干戈《かんか》を交えたのです。帝国主義の最中の頃とは言え、戦いの場所になったその地の人達にとっては、迷惑も甚だしいことであった筈です。

日本で日露戦争といえば、日本海海戦とか、勝ったとされている旅順や奉天の戦闘とか、東郷元帥や乃木大将などの英雄の話だけが大きく語り伝えられて、他国の政情の争いの狭間にあって、戦火に苦しんだに違いない、その土地の人達への思いを聞いたことがありません。

このようなことは、今日の感覚だから感じ、また言えるのかもしれませんが、当時の日本は、国中がいっぺんにハシカにでも罹ったように、ただただ興奮して国難だ国難だと力み、そして勝ったという事象に酔いしれていたようです。自国のことで頭の中が一杯で、他国民のことを考える世界的感覚はまだ浅かった時代だったのです。坩堝の中でのみ煮えたぎっていたようなものでした。

先年上海《しゃんはい》より南京《なんきん》まで列車に乗ったときのことを、あらためて思い出しました。春節《しゅんせつ》で故郷に帰る人達で満席で、立っている人も多く、車内は賑やかで喧噪《けんそう》でした。私の前の席に、五～六歳の男の子を連れた若い夫婦がいました。私が手先でこの子は何歳かと尋ねると、母親は指先で六歳と答えてくれました。私が土産用に持っていたキャラメル一箱を子供に渡すと、親達はたいへん喜んで、父親はミカンを数個くれました。皮までむいてくれて、すぐ食べろと勧めてくれました。とても親切でした。車内は騒《さわ》がしかったけれども和《なご》やかでした。

そんな車窓から、移り過ぎて行く起伏に富んだ静かな田園風景を眺めていて、かつて、支那事変《しなじへん》（昭和十二年（一九三七年）七月七日勃発）の時、南京へ南京へと日本軍が進攻した際、この鉄路沿《ぞ》いに進んだ師団もあったと聞くが、いま車窓から見えるあたりでも、日本軍の軍靴が響き兵馬が土煙をあげたのだろうか、銃砲が轟いたのだろうか、その時住民はどうだったたろうか。だいたい何のためにこんなところまで攻め入って来たのか。等々が、つくづくと思い浮かんだのでした。

日本はこの日露戦争を境にして、世界情勢の複雑化と相まって、第一次世界大戦（一九一四年）、シベリア出兵（一九一八年）、満州事変（一九三一年）、上海事変（一九三二年）、支那事変（一九三七年）、太平洋戦争（一九四一年）、と事変・戦争が絶え間なく続き、まるで事変・戦争に麻痺したかのような時代になりました。それだけ国の疲弊も多かったであろうに、日清戦争（明治二十七年（一八九四年）七月二十五日）〜明治二十八年（一八九五年）四月一七日）や日露戦争の勝利の面のみが強調されたことが、あとあと国の歩みに大きな影響を与えたかもしれないと思えたりもするのです。

仁吉の従軍記録をまとめながら、このようにいろいろ考えさせられたことも、このたびの収穫であったかもしれません。いま言えることは、日露戦争も明治も大正も昭和の時代も、歴史のかなたに遠くなりつつあるということです。

残念なことは、祖父仁吉がたどった旅順あたりを一度訪れたいと、何度か計画をしましたが、用事ができたり体調を崩したりして行けなかったことです。まだあきらめてはいませんが、年齢からして遠くなりつつあります。

平成二十四年（二〇一二年）八月

名越仁功

従軍記に使用されている主な旧漢字

従軍記の旧漢字（太字）	現字体
金澤驛	金沢駅
師團	師団
將校	将校
鐵條網	鉄条網
難澁	難渋
勃發	勃発
砲臺	砲台
聯隊	連隊

従軍記の旧漢字（太字）	現字体
繼續	継続
清國	清国
戰蹟	戦跡
當籤	当選
被彈	被弾
廣島驛	広島駅
豫備	予備
満洲	満州

参考にした資料

◎日露戦争の世紀　岩波新書　岩波書店　二〇〇五年　七月二〇日発行　山室信一著
◎図解　ひと目でわかる日露戦争　学習研究社　二〇〇四年十一月　八日発行
◎日本の歴史⑱日清・日露戦争　集英社　一九九二年十一月十一日発行　海野福寿著
◎坂の上の雲（1～6）　文芸春秋社　一九六九年～　発行　司馬遼太郎著
◎写真で読む「坂の上の雲」の時代　世界文化社　二〇〇九年十一月二十五日発行
◎「坂の上の雲」では分からぬ日露戦争　陸戦　並木書房　二〇〇九年一〇月十五日発行　別宮暖朗著
◎「坂の上の雲」の幻影　論創社　二〇一一年　七月三〇日発行　木村　勲著
◎二〇三高地の真実　歴史街道　PHP研究所　二〇一一年十一月号
◎白い航路　講談社　一九九一年　四月　一日発行　吉村　昭著
◎ウィキペデア　インターネット百科辞典
◎日露戦争史（1）　平凡社　二〇一二年　六月二〇日発行　半藤一利著

再刊にあたりて

このたび勧められて、『日露戦争従軍　一兵卒の記録』を『戰記』と題して再刊することになりました。

開国して、近代化と富国強兵を急いでいた明治の日本にとって、一一九年前の日露戦争は、まことに国の存亡をかけた大戦であったと思います。その日露戦争に一兵卒として従軍した私の祖父仁吉が、召集を受けてから遼東半島に上陸し第一次旅順攻撃戦で負傷するまでの短い期間にすぎませんが、簡潔な陣中日誌と戦闘記録などを残しておりました。最前線での熾烈な戦いや恐怖などを体験した祖父仁吉の戦績を、私は祖父の思い出として残したく、整理して十一年前に小冊子ですが発刊いたしました。

その際いろいろと助言をもらった冨田保夫氏（仁吉の四男）は今は亡く（平成二十六年（二〇一四年）七月十五日没　九十七歳四ヶ月）、仁吉を知る者は私一人となりましただけに、今あらためて仁吉の従軍記録を残せる機会に、たいへん嬉しく思っております。

現在も世界のあちらこちらで、争いやテロが起きております。

人種や宗教の対立の問題が多いようですが、中には国威発揚は領土の拡大であるのか、一世紀も二世紀もさかのぼった覇権を競う時代に様変わりしたのか、と思わせるような争いもあります。

人類にとって、主義主張の相違や野望による争いは永遠に避けられないものなのか。安寧《あんねい》とは、ただたわ言でしかないのか。何千万年経っても解決しそうもありません。

今回、初版の誤字誤植の訂正と、説明不足部分に若干の補筆をしましたが、大方《おおかた》は当初のままであります。

多くの方々に、目にしていただければ幸いであります。

令和五年（二〇二三年）十一月

名越仁功

日露戰争従軍　一兵卒の記録

戰　記

名越仁吉の『戰中日誌』と『日露戰争手帳』より

2024年5月31日発行

著　者　名越仁功

発行者　向田翔一

発行所　株式会社22世紀アート
〒103-0007
東京都中央区日本橋浜町3-23-1-5F
電話　03-5941-9774
Email: info@22art.net　ホームページ：www.22art.net

発売元　株式会社日興企画
〒104-0032
東京都中央区八丁堀4-11-10 第2SSビル 6F
電話　03-6262-8127
Email: support@nikko-kikaku.com
ホームページ：https://nikko-kikaku.com/

印刷
製本　株式会社PUBFUN

ISBN：978-4-88877-293-8